自選 守屋明俊句集

西日家族　日暮れ鳥
蓬生　日暮れ鳥以後

教育評論社

目次

『西日家族』より　5
『蓬　生』より　57
『日暮れ鳥』より　113
『日暮れ鳥』以後　175

『西日家族』序文／鍵和田秞子　244
季語索引（五十音順）　251
あとがき　268

装幀
designFF+ 高田真貴

自選　守屋明俊句集

西日家族

より

平成11年刊

竜頭巻く野や天心に春の鳶

春の蚊の斬られ役者の如く起つ

買ひ立ての竹刀にかかる柳かな

諸葛菜駆くれば駆くるほど美しき

ざりがにを追ふや農婦となりし妹

ごきぶりを打ちし靴拭き男秘書

爪弾く社用で贈るメロンかな

口堅き秘書うち揃ひ石榴割る

鍋蓋のシンバル叩き夜長の子

父の球受くる端から銀杏散る

蜥蜴出て鉄路の微動嘗めてをり

春暁や子の独り言ひとり唄

落椿見果てぬ夢の中にゐる

蝶駆くるエスカレーターは滝のごとく

端午の日をのこ桂馬で攻め来たり

時の日を脈に触れ合ふ看護生

誰もゐぬプールの波が泳ぐ夜ぞ

子規の句の暑さばかりの暑さかな

冷房にこゑ裏返るひばりの死

父祖の世は山を切売り蕎麦の花

貧乏と言ひ聞かせたる残暑かな

花カンナ朝ほほ杖をつく婦警

杉の実や次子に分のある口喧嘩

喧嘩子に両耳を貸す豊の秋

すすき原小心者は風を聴き

今週は長子が元気風邪の家

叱られて寝る子に閉まる襖かな

冬ざれやレスラー呷る粉ぐすり

ジャイアント馬場氏

肺病めり蜜柑で治すこと能はず

入院　四句

厄落とす前の大厄眠るべし

真黒な艀が消ゆる初日の出

冬牡丹ひとり欠ければ家なさず

春雷や社葬の予行きびきびと

春蚊来る人の涙に涙せば

行商婦の一歩が重き落花かな

春蟬や急がねばまた叱らるる

春筍の地底明るいかも知れぬ

棕櫚咲くや肩車にも慣れし肩

田を分かつ川になみなみ夕立かな

あぢさゐや巫女うつうつと書く日記

緑牡丹うまれかはれるものならば

西日家族督促状のひらひらす

座布団が座れと命ずる大西日

伊那高遠に帰省　四句

犬小屋に乗り犬が見る秋の山

ちゝろ虫味噌蔵は鳴き易きかな

秋彼岸ことに馬刺のやはらかく

秋場所の放送終るまで見舞ふ

地球儀の海の隣の捨団扇

茘枝熟れ好々爺なる元兵士

蛇皮の靴から冷ゆる女かな

歯刷子に降る初雪でありにけり
雑炊や歯にかちあたる鯛の骨
豆餅も子規の好物初ざくら
落花しきり馬術部の馬遁走す
ストライクゾーンへはらと花吹雪

夕蜘蛛や今日のほつれは今日修す

ハンカチの流れて来たり五十鈴川

蟬を見にらせん階段上りけり

せがまれて童話二度読む夜の秋

早稲の田の婆に一礼越の国

ミス六日町に汽笛二度鳴る薄の穂

織るたびに杼のじんと鳴る上布かな

新涼や味噌豆薫る牧之の地

子かまきり斧もて胸を温むる

一とほり家族の触れし破魔矢かな

跫音を使ひ分け秘書寒に入る

芽キャベツはスープの島よ鳥啼けり

石蹴りの最後はどぶへ梅真白

春空の思はぬ方へ靴飛べる

乗り継ぎのたびに手を引く彼岸かな

炎暑来し薬舗に脳丸順血丸

辛抱の我よりも先づ田水沸く

炎天下とことん老いて笑ふべし

有り合はせとは言ひながら豆の飯

蜂の仔にピンセットの銀冷たかろ

来ると見え人の去りゆく秋の闇

出雲より寝台車来る盆の月

広げたる指すみずみに秋の風

会津に帰省　二句

棚経や戊辰日露の御霊など

盆過ぎの犬の谺や阿賀野川

障子洗ふには団地出て町を出て

風邪癒えし心地檜の香の楸邨館

山梨県小淵沢町 加藤楸邨記念館 四句

落葉して一書の中に湧き立つもの

神の留守連山仰げば耳鳴りす

実石榴の永遠に戦のつづく貌

炬燵抜けし子やいつの日か家を出ん

兄弟が眠るを競ふ蒲団かな

背もたれを父とは知らず炬燵の子

寒柝やしばし扉の開く終電車

蠟燭が昼を暗くす椿寺

肝油嚙みし頃が初恋黄水仙

朧夜の妻を運べぬ非力かな

産みに出て蟇の瞼の金の縁

蟇よりも我が身構へのどろどろと

棕櫚の花夜風に押され押し返す

鞭打ちの処刑アラブは暑き国

白地着てモデルハウスを冷やかしに

浅草の祭や今も鼠出づ

朝は蛾の博物館よ無人駅

滝落つる束の間の投げキッスかな

瓜二つとは真実の冷し瓜

七日堂施餓鬼のけぶり大河へ

おとうとが眠りに来たり秋彼岸

倒木の枝が虫籠ちちろ鳴く

色変へぬ松や入日が燃え立たす

花薄荷妻の往き来きに匂ひける

名月の出てゐる内は争へず

おひねりの如く藁《に》塚《ほ》ある夜明けかな

妻のゐぬ間よ母が来て冬仕度

子を海へ放る仕ぐさや冬麗ら

竹馬やわざわざ父に怒られに

円周率披露されたる初湯かな

書初や平和と書けば弟も

豆撒いて少しだけ父らしくゐる

竹の秋大きな鳥は村を出て

韮レバと叫べば勇気世紀末

芭蕉布の部屋着より湧く怒濤かな

大甕にのめり込む身の涼しさよ

あぢさゐの遠くに見えし安堵かな

命令で油虫打つ職にあり

滝自身送り出されて驚きぬ

潜水の子を股ぐらで迎へけり

鶏頭も義父も早起き筋肉派

矢のやうな雨をあつめて曼珠沙華

わが膳にのみ全身の秋刀魚あり

折衷案練る眠たさよ草の絮

草虱ズボンになまじ折目かな

よその課の石狩鍋に呼ばれけり

探鳥の何か言はねば凍てるなり

綿虫や卓袱台捨てて一家去る

去年今年先を争ふこともなし

信州へ来よと賀状に叱らるる

ざざ虫や年々細き里の川

阪神淡路大震災　神戸市西灘　六句

救援ドーム木の芽の影が満ちて朝

春暁や納豆飯を婦長らと

仏壇も瓦礫も吹かれ春塵に

全壊のガラス屑美し春の月

金輪際ぶらんこ動く気配なし

六甲山に真向かひ濯ぐ春の川

白魚や泳ぐ目をして横たはり

堅香子のきちつと咲きし夕疲れ

鮴《ごり》食めばごりと音する端午かな

夜を待つまなこは祭狂ひの眼

夕風が草にしみこむ跣足かな

景気良き亡父現はるる夕端居

父いつか蛇のベルトで極めてゐた

黴の家訪へば背後で返事あり

冷や酒や綺麗に食べる煮かんぱち

蚊に刺されまいと走りし昔かな

朝顔や村の有線ヴィヴァルディ

盆の入り赤子必死に寝返りぬ

終戦忌夜更けて山の大きさよ

鶏頭も墓も根付いてをりしかな

十六夜や橋から橋の人恋ふる

抜けぬほど晩菊を挿し芭蕉塚

ソウル　二句

熟柿吸ふ身のとろとろと韓の国

垢すりにみな出払ひし夜長かな

林家三平堂

師の丹頂チックに遺る木の葉髪

芒野のひかり背負うて皆帰る

お茶箱の銀の眩しさ冬用意

会津　八句

猟銃音殉難碑より聞こえ来し

雪の田の駱の痕と知られけり

若餅やちちははの手を経し柔さ

葛湯練る義母や急がぬ旅であれ

御降りや今年いかにと義父の問ふ

身のすくむ白き山あり恵方道
降る雪や会津めでたの祝ひ唄
すが漏りのひやと湯船のわが肩に
隙間風だんだん太くなりにけり
幼子の手や炬燵より生えてきし

臘梅やこんこんと日の湧き出づる
独楽廻し叱られてゐる床屋の子
男とて泣きごと言ふぞ湯気立てて
鳥けものどんど焼かねば黙るまい
かはづ掛けにて初場所の閉ぢられし

長男卒業式

僧になる大工になると卒業す

ぐんぐんと蝌蚪の水ゆく火の手かな

義母武藤トシ逝く

臥し蝶や磐梯山を仰ぎゐる

霊柩のおろおろ進む柿の花

五月雨や舟で嫁ぎし義母のこと

杉の戸のやうやく嵌まる油照り
追肥撒く汗早や義父のシャツ射抜き
一礼す茅の輪にもその向うにも
形代のこころの辺り撫でてゐる
向日葵を門柱として火宅なり

浮いてこい浮かぬタオルの潜水艦

闇を来て闇に帰る子火の祭

剣劇の借景の柿落ちにけり

霧吹きを吹きたくて張る障子かな

御縁どすなあ紅葉照る詩仙堂

紅葉かつ散る一乗寺下り松

時雨忌の蕪村の墓のしぐれたる

花つけるこの木のために日記買ふ

白息や負けじと吐けばくらくらす

無いと言へば嘘の色欲牡丹鍋

故藤山寛美氏

初笑ひ寛美そのあと泣かすなり

昭和史の軍服は雪呼び易し

社史を編むうちに貉の現はれぬ

べた褒めの通信簿来る初桜

下駄鳴らぬ道へ出でたる朧かな

暗殺の寝間の明るさ蝶の昼

冷房車白蛇のごとく少女入る

いきどほり思ひ起こして暑に抗す

裸子や裸でない子寄せつけず

秋晴や盾と矛売る蚤の市

襲名役者菊人形に似てをりぬ

石蕗咲いて野良着の縞を明るうす

檜まで目のゆき届く三日かな

戦時下の伏せ字を語り雛の客

浅草 田原小学校同級会

桜待ち旧友を待ちトンカツ屋

春の灯に子の賞状の金の鳥

桜見に行くの声あり法事果つ

桜狩はぐれて湖の暮色見に

馬に乗る少女の影や蚕屋《こや》障子

黄金週間長子の髭に刃を当つる

岡田博充氏一周忌

鳥の日の暮れて鶺鴒鳴く博充忌

空蟬の水辺まばゆきばかりかな

悼川原井彰学兄

長堤や君いつまでも青嵐

梅雨の蝶よたよたと来て凛と過ぐ

くちなはの這入つてよりの青田波

初蜩永く愛せし汀女句集

伊那高遠　故 伊藤初子様生家

蟻地獄聞けば聞こゆる労働歌

冷し酒猫に死なれし人と酌む

押入れが父の酒蔵まむし酒

山と山向き合うてゐて秋に入る

邯鄲や一夜かぎりの菜食派

芋の露流せば魂と失せにけり

芒野やモデルハウスに猫の声

バーベルを挙げて月待つ消防夫

根のものは体に良いと芋掘りぬ

天竜川に沿ひて帰りぬ秋の蛇

秋まつり提灯点いてより暮るる

をなもみをひもじき胸に受けにけり

美しや野菊を誰にたとへても

舟越俊也先生

喜寿翁の抱く菊の香とこしなへ

いとど来る電気剃刀動かすと

仏供飯蜂の子飯としたりけり

塩粒の大きく見ゆる零余子かな

寿司種の貝は何処に秋渚

ゐのししの鼻を離れず草紅葉

蓬生

より

平成16年刊

探梅の見渡すかぎり淡海かな

探梅行二手に分かれ巡り逢ふ

山茱萸やこそばゆきほど空青む

朝寝して津々浦々の波の上

補助輪のとれぬ禰宜の子麦青む

好きなだけ湯の出る春の愁ひかな

遠流の家重き石のせ陽炎へる

恋猫の落ち延びてきし翌檜

菱餅のその色も織り絹の村

知恵熱を花の雨より戴きぬ

曇り日の鄙びしこころ貝母咲く

ひと片は潜望鏡に散る桜

花散つて鳥所在なき往生院

石をもて何を為さんや啄木忌

片目づつ瞑れば春の草動く

朝礼の歯磨き体操鳥雲に

天草干し灯台白きまま老いぬ

あくる日の無きかに濡れて翁草

肝吸の肝のさ揺らぐ父の日よ

落枝《ぼや》くべて梅雨の線香焚きにけり

作り滝一緒に見しはバブル前
雨か否ホテル大いに水打ちし
貝を煮る話に夏の海猛る
波乗りの波の裏見て来し顔よ
捕虫網から逃したる月日かな

塩胡椒するは人のみ蟻地獄

夢殿のやうな器のかき氷

小さき妻にはエプロンがアッパッパ

干上がると工夫らの言ふ鰻の日

土用鰻不惑知命と食べ継がむ

虹裏も虹であること約束す

蛇払ふ桜の杖を信じつつ

仏壇の中の暑さを尋ねけり

草刈つて大きく見ゆる弓の的

井戸桶に尻つくといふ水遊び

井戸と父の記憶鰻は忘れたり

腸に胡桃ざらつく訃報かな

夕蟬や怒髪のごとく木々立てる

酷暑来る都市計画税納めても

蝙蝠と剃刀充電中は垂れ

撒水車仏具の町の香ほのか

生きて四万六千日の人だかり

狂ふほど三味線弾かせ遊び舟

裸子の舌戦は腹歪ませて

松は決闘杉は別離の暑さかな

水中花午後の筆勢衰ふる

子が申すいろはにほたるぶくろかな

茄子の馬胡瓜は割れてしまひけり

垂るるにも力の籠り葛の花

卒塔婆まで広がつてゆく踊りの輪

すり鉢の伏せられてゐる野分かな

人体のほころびにしむ秋の風

耳搔きの綿も吹かるる子規忌かな

ぎんなんの一串未来ほの明し

舌鼓打つ亡父がゐて月見酒

紅葉かつ散りしを手旗信号に

赤い靴届けられたる秋の園

肩ぐるま葡萄鋏を落すなよ

月明の真水飲むとき真人間

レコードにしがみつく塵芋嵐

菊の酒ほろと斬り捨て御免の世

明日など微塵の芭蕉月夜かな

蓑虫の食らふべき詩せつに書く

秋時雨鯉の行き来に暮れにけり

悼町淑子様

散る手筈まで考へし紅葉かな

どら焼は人の情の秋の色

FAXの「あとはよしなに」冬に入る

透明人間たらむと止めし白き息

リヤカーに落葉たつぷりもう帰ろう

鳥籠に鳥の影なき障子かな

襖閉めても我に向く母のこゑ
降る雪や焚きつけて檜葉香ばしき
骨付きも骨抜きもあり闇汁会
世紀果つ末筆ながら風邪引くな
久女忌の山へ木枯帰り来ぬ

梅の坂転ぶ転ぶと言ひ転ぶ
あたたかや波の化石に波がしら
夕桜空飛ぶものは空に消え
きりもなし菖蒲根分の猫車
野遊びの川に出合へば川遊び

志摩行　七句

花過ぎの船は揉まれて安乗岬

灯台に惜春の濤佐田啓二

柝を入れて木偶の春眠覚ましけり

田植雨とんと子供を見掛けませぬ

志摩若布めかぶ啜れば身も揺れて

春惜しむ師の独酌の唯一度

酒をんな今俳諧や初鰹

辻村のりお氏

窓側の給食どきの桜の実

銭湯のいつしか夏の浜の絵に

遠山へ雲の納まる豆ごはん

麦秋や笛吹川を越えてより

ぢつとしてゐぬ母の日の麦藁帽

沖縄行　二十一句

反戦デー以来の暑さ泡盛嘗む

ふんだんに灼熱を積み離島船

那覇糸満カンナの乾ききつたる朱

万魂の南風吹くなり甘蔗《きび》畑
蟬を聴く戦記より目を逸らしては
真南風《まはえ》それとも木の精の揺する樹か
水接待さるガジュマルの樹の下で
ガジュマルの魂の吹く蜘蛛の糸

壕深し羊歯若葉から尚深し

仏桑花人間魚雷のみ朽ちぬ

サングラス取ると腑抜けに南風の島

鳳凰木の花の琉装真くれなゐ

離島船を見せる子守や明易し

売りに出す破風墓あり夏の海

楯にして押され気味なる日傘かな

拝所《うがんじゅ》や拝まぬまでも夏帽脱ぐ

大海へ散る蝶の恋アマミキヨ

今帰仁《なきじん》や火の神を翔つ大揚羽

気だるさの昼の城塞ハブ出たぞ

スコールの消せぬ詩魂や恩納ナビィ

夏の海花風《はなふう》を舞ふ別れかな

潮風や椎の木に吊るつりしのぶ

夏の血潮時計バンドの下流る

藤の実のみどり山河の深みどり

蟾蜍師の家小さくなりにけり

翡翠に下駄の流れて来たりけり

雨空が人を走らす秋近し

あとを引くあとひき豆や萩を見に

あかよろしあをよろし秋深みたり

何本も釣竿が猫じやらしより

蓑虫や帰りそびれし夕間暮

泥に泥重ねし足や晩稲干す

長く待つバス折り返し場の寒波

心焉に在らざれば来る都鳥

鍵和田秞子先生鶴句碑建立

鶴のこゑ止むとき無辺の空蒼し

山眠り竹の物差し作る村

底冷や貨車と線路の夜泣き癖

馬券掃き難しや錦糸町時雨

革ジャンの彼奴の食事に追ひつけず

鯛焼買ふ尾鰭のごとき男たち

信濃抄　四十四句

百本の沢縷縷として残る雪

雪解田の乱れし藁や日を返す

倒木の抱き合ふ雪間雪間かな

一駄二駄牡丹苗積む中馬かな

昔から夕刊は来ず春の山

亡き人の下駄を預かる花盛り

父方の酒豪快や野蒜食む

初夏や馬の匂ひの杣の風

木漏れ日はサーチライトよ蟻地獄

山羊乳《ちち》の壜抱へて帰る夏野かな

青田波いくつも雲を流しけり

雄ごころの忘れがたみの青蛙

ゆつくりと捨てる産湯や櫨の花

誰彼の遠忌グラジオラス並び

馬を打つ夏の終りのまぐそ雨

表札の朽ちて文字浮く蕎麦の花

盆用意刈り損じては指を切る

伊那 守屋雄介様

迎へ火に白樺の皮くべ静か

働いて誰もゐぬ昼茄子の馬

桃缶の埃を払ふ夏解《げあき》かな

盆の花捨てられてより開いたる

清水掬む手の美しき雁田山

尖石遺跡

祀られて蟻を吐き出す尖石

諏訪 万治の石仏 二句

蜻蛉や仏にされし石の黙

大社より夕日こぼるる沢胡桃

墓からは何もかも見ゆ撫子も

天魚《あまご》焼く蜩の鳴き了るまで

村雨に雀こゑなし稲の花

豊の秋落ちぬ胡桃の木を揺する

雲が行く運動会で留守の村

猪垣や人間界を囲ひたる

生け捕りの猪真つ直ぐにカメラ見し

午後すでに血より冷たき藤袴

引き返すたびに老いたり鬼やんま

烏瓜一つは風が食みてをり

猪罠や酒一升で借り受けし

猪罠を仕掛けて猪へ怨み述ぶ

桜咲くまで辛抱よ猪の罠

年輪は過去へ過去へと雪しみて

焦がすほど強き炎の薬喰

炉話や五歳の身にて馬曳きし

秋山定太郎は母方の祖

雪に生き長じて鬼の定太郎

皹《あかがり》に火箸当てたりははの世は

余熱もて年あらたまる竈かな

読初の壬生義士伝に雪が降る

飛鳥仏見てきて今日の草石蚕《ちよろぎ》仏

駅の名をえびすと聞きし淑気かな

七種や水端《みづはな》見ゆる稚松《わかまつ》図

霜柱いちまいの土奉る

森山威男カルテット

シンバルの割れし一片寒月に

軽石を乾かしに来て日向ぼこ

駒形橋

背負はれし記憶の橋や都鳥

業平橋

焼鳥のカーバイトの灯父と酌まず

父の如し竹百幹の冷たさは

辛夷の芽こゑにならない声確か

パンの耳春の渚を一望に

長男進学

春のスーツ怒り肩まで測られし

山茱萸の樹皮ぼろぼろにして咲きぬ

橋へ出て橋を忘るる夕桜

遠足や前へ倣への手に水筒

ときどきはどきどきしたる落花かな

わらべうた十でたうとう桜散る

携帯電話は悲しき玩具春の虹

手を汚すことなく生きて潮干狩

世界あやふき液体ばかりしやぼん玉

照焼きの照りが眩しい五月病

ブラシの木いのちを洗ひ終へて赤

黒猫は黒し五月の眸閉ぢ

虹映しナイター中継始まりぬ

衣更へてヘプバーン展の最後尾

就中病葉を射る光かな

しもたやにオキシフルの香梅雨兆す

錆止めを塗る自動ドア梅雨長し

梅雨や母のたそがれどきの迷ひ箸

炎天よりガーデニングの水被る

蜜豆を梅若丸のやうな子と

三伏の食めば砂塵の鳩サブレ

鰻食ひ病人見舞ふ土用照

梅雨明けや切ればよく飛ぶ叔母の爪

悼 中津山淑子叔母

千切れたる夕焼け雲を拾ひけり

凌霄花落ちて漸く静もれる

悼 武藤ヨシ子五十日祭

真つ暗な猪苗代駅夏の雨

桐の木の影の大きな青田かな

くさぎの花浅酌に酔ひ喪中なる

味のある男になれと昆布呉れし

山の手の抱き心地なり竹婦人

故岡田甫先生　鎌倉への引越しを手伝ひしことあり

好日や長命丸の黴吹いて

火遊びの老いてふたたび水遊び

尾花沢よりの西瓜を冷やしけり

夏休以前を黒板消しで消す

秋立ちぬ鳴虫山の辺りより

毎月届く花にいよいよ芒の穂

クラブハウスサンドイッチと秋の海

人を訪ふゆるやかな歩や月の町

月の座の我が袖つまむ赤子かな

天と地の天まだ勝る秋の蟬

熟柿泡噴くやその名も禅寺丸

鶏頭花集団脱走して寺に

鶏頭の影ぞくぞくと夜を濃くす

無月かな工作船と蟹工船

舐め方の足らぬ切手や雁の頃

鎌倉や緋に殉じたる花カンナ

馬柵越しに見ゆる十字架木染月

爽やかに暮れて雀の木が騒ぐ

秋高しかもめ家政婦紹介所

上海行　六句

文化大革命ありき文化の日

秋の塔兵役終へし兵ら昇る

紅旗より紅きものなし秋惜しむ

健康が重要思想八つ手咲く

人間の條件諸を焼いて食ふ

町暮るる練炭運ぶ自転車も

梨食うて嘆きのこゑを封じたり

鶏頭の最敬礼の戻らざる

煤払ピンポン球の降つてきし

川の字に寝て乾電池めく霜夜

猿の子に流れてきたり冬の水

浄瑠璃の語りのやうに年逝きぬ

ひとかどの女の如し山眠る

年取の膳や会津のざくざく煮
みちのくのまこと冷たき餅を切る
寒雀跳びあめつちの開闢す
初耳は季語にあらねど羽子日和
目には目を歯には鼻乗せ福笑

地球儀で手鞠つく子規初夢に

苗木市樹齢これより始まりぬ

ダイヤ改正北へ北へと辛夷咲き

臆測でものを言ふ日や蝌蚪の紐

次男進学

この指に止まりし指や卒業す

ぽんぽんと言葉の出る日あたたかし

蓬生や日差しに優る風の音

をちこちの波音に酔ふ浦霞

エプロンより栓抜きが出て春の宵

西部劇には無き麦酒酌みにけり

日暮れ鳥

より

平成21年刊

からからにプール飢ゑさす麦の秋

蛍追ふ亡父のネクタイゆるく締め

新潟行　三句

白扇のあふぐ先より佐渡汽船

潮灼けの越の農夫と腕くらべ

ふたきれの茄子漬で足ることしひかり

夕立を呑み込んでをり平泉

義経記の源たぐる葛の蔓

葛の葉の裏に風棲む風凄む

写生する幾つもの眸や夏の川

岬めぐり子猫に鳴らすクラクション

七月の空へ飛ぶ水押へ飲む

虫干や村上シェフの卵の書

魚屋が水ぶつかける神輿かな

佃神輿枕に凭りて見遣るかな

佃煮のやうな佃島《つくだ》の油蟬

饅頭の一つ崩れて梅雨の村

土手刈といふ草刈に村総出

電灯の紐に出水の蠅無数

蕎麦の花小さなバスが捨ててある

伊那高遠　十句

読み継ぎし「家の光」や翌は秋

威銃真似て子が割る菓子袋

昭和二十六年度健康之家小鳥来る

秋の蜂むらさきの花こぼしけり

わらんべと繋ぐ手のひら野菊晴

入山を固く禁ずる熟柿かな

夕顔の実の耐へてゐる崖つ縁
歯応へのある香茸《ろうじん》を食みにけり
こほろぎと決闘のごとすれちがふ
きのふの子けふはもう来ず赤のまま
鶏頭や家系図よりも濃く太く

川霧のたなびく鎌と砥石かな

青空の附録のやうに榠樝の実

手入れよき松に日が差す白露かな

火の国の埴輪火の色秋黴雨

隠国の真下根の国葛を掘る

台風一過大樹の涙はらと浴び

ついと出し九月の唄や露帯びて

秋さぶの駅の死角にものを食む

カツレツの固き衣や秋の雨

働かむ菊人形となる日まで

ほろほろと人を散らしぬ秋渚

冬椿疲れて犬の鳴き止みぬ

物かげの猫の尾が呼ぶ冬木の芽

沖縄再訪　二句

群星《むりぶし》の染みてあかあか花木綿《わたぶーぎー》

甘蔗《きび》咲いてひときは重き島の風

雑炊や酔へば故郷ある如く

翌檜にからすうり点くクリスマス

行く年の円を描いて消す燐寸

浅川マキ大晦日公演　二句

拳銃ブギウギどんと一発年果つる

隆々の闇のうねりや年を越す

寒明けのかんかんと鳴る竹林

啓蟄や糊しろに塗る飯の粒

柴山の柴くべ足して西行忌

帯戸より洩れ出づる灯や雛飾る

鯉濃の骨が難儀の春の婚

春風やささくれ多き一位の木

牛糞は高いと言うて畑返す

両岸の共に日当たる蕗の薹

草青みたりお使ひは自転車で

オムレツに春灯くるむ手際かな

金縷梅のひねりを利かせナース来る

水金地火木土天海冥石鹸玉

駅弁の紐解く花が散らふとも

山桜背の温まるまで仰ぎ

きのふよりずつと暖か松に富士

遠浅間夜明けて菫瞭《あき》らかに

浅間嶺や苗床走る朝の風

藻畳を浚ふ男衆根芹の香

芹を選る金輪際の藻草より

蝶の恋太き松にてわかれけり

たんぽぽや鯉が死んだと村の子ら

恋猫の敗れはしたが晴れわたり

鞦韆や子を呼びに来て母唄ふ

鯉濃を綺麗に食うて花未だ

蝶生れて天は星の座組み換ふる

悼 大野岳翠様

白梅や聞きしにまさる利根の風

菜種梅雨人は息して窓濁す

鉄路より鴉の上がる代田べり

代掻の夕べ激しき山雨かな

こしあぶらの芽やほろほろと遠忌来る

生きてゐれば父も伯父貴も翁草

蚊ではなき安堵かすかな羽音過ぐ

皆去つて心もとなき植田かな

雨の日のことに色濃き余り苗

蛍火のはらはら落ちて恋の刻

コロンブスの卵も竹の子も茹でる

雀には馬鹿にされるし葱坊主

恋成らず新樹まで来て手を離し

トリックのやうに新宿梅雨夕焼

五月雨やビルに三つの高利貸

暑に耐へて鉄の庵の妻と母

鯉は朱を深めて甘茶咲きにけり

夏帽の夜目にも白き土星の環

毀れたる蔵くらくらと梅雨の蝶

追手風部屋の若衆の浴衣かな

若竹をしつらへ白洲正子展

丑の日の耳を真っ赤に鰻焼く

丸腰のガンマンめきて炎天下

奉納す水の滴る鮎十尾

杉の実のゆたにたゆたに一日暮る

噴水が二つ両目を楽します

疲れたる芝生茸を産み終へて

相模湖　四句

風筋に座ればそこに秋の草

初秋や射的のコルクよく跳ねて

風呂桶が棄てられてある芋の露

哺乳瓶の乳にさざ波秋の湖

伊那高遠に帰省　七句

稲妻や笑ひの絶えぬ家ながら

戦前を虫干ししたる日和かな

どしや降りの後は眼のやう蝉の穴

未来ある者と迎火焚きにけり

こんこんと水の湧く夢盆の入

黍の穂の垂れて山河のよく見ゆる

夕空へ大きな蜘蛛の上りけり

会津に帰省　八句

馬刺より始めて盆の酒尽きず

終戦日合歓咲き誰か声挙げて

花オクラ嚙めばねばつく昼下り

窓の外へ蠅追ふ八月十五日

案山子から見る一軒の夕餉の灯

盆川や下り夜汽車の灯が走る

新松子いくつも青し母校美し

母校とは空蟬の木が鳴くところ

吉田火祭　三句

火祭の一夜のための絹の帯

絹を織るともしび消して火祭へ

火に闇に刻濃く流れ火の祭

秋の暮我に口笛のみ残る

西鶴忌廃れし唄を口ずさむ

月を待つ人を待つより穏やかに

鶏頭や持ち帰りたき空の青

鶏頭にサランラップのくつ付かず

名にし負ふ耳成山の花薄

芒野やかそけくも鳴る猫の喉

身を入れて風と遊ばん芒原

金の芒大往生の都かな

近江行　六句

天下晴れてあたたら萩散る巴寺

乗りきれぬ子亀は落ちて水の秋

唐橋に阪妻の影雁渡る

天智より数へて幾世膳《ぜ》所《ぜ》の月

赤とんぼ湖国のひかり蓄電す

見るために眼鏡を外す秋の暮

馬上より暮れそめ秋の田村草

富士吉田　三句

富士いつか噴くであらうと芒撫づ

熔《ら》岩《ば》原《はら》にあざとき風や草紅葉

田じまひや腹にすがりて野猿の子

吉村千比呂さん舞の会　二句

浦風のすさびに赤く石榴の実

身に入むや時には跳びて地唄舞

昼の虫号泣できず老ゆるかな

小諸　五句

黄は虚子の秋蝶であるひよいと来る

大虚子の散歩せし道柿の蔕

戦ぐ藻に招かれてゐる木の葉かな

もう蛾とか蝶とかを超え秋風に

大根干す喪中はがきの印刷所
茶が咲いてかへすがへすも惜しき人

福岡　三句

水前寺清子の色紙夜鳴蕎麦
煮立つ鳥鍋「よか根性しとるばい」
都府楼や色づくままに山凍つる

京都烏丸

路地裏は星を絶やさず蕪村の忌
火恋し蕪村の歳に近づけば
白息と判るまで夜のしらじらと
フセインの処刑の報や葱買ひに
歳晩の抱かれて子に見ゆるもの

忍野村　七句

家の灯を百も映しぬ開豆

たしなみの唄に雪舞ふ夕霧忌

黄昏の橋を犬曳き注連貰

遠吠聞く狩人の血が騒ぐまで

道祖神祀る寒中の竹を伐り

道志より伐ってきし竹底冷す

悪童が賽銭ねだる寒暮かな

冬ごもる楡家も犬神家も閑か

鶴嘴が見えそれからの垣手入

大阪 誓願寺

嚏《はなひ》って西鶴の墓あとにせり

寒明けや玻璃に頭突きを食らはす子

鳥の尾のこがねびかりに二月来る

草田男の墓に水掛けあたたかし

花に身を焦がす齢を恐れけり

耕介も耕策も父祖水温む

大道具搬入口の芽吹きかな

義父 武藤忠雄喜寿祝賀 二句

喜寿翁の義父としみじみ蜆汁

喜寿翁の背負ふ大きな春の山

胸倉を掠めし光柳絮飛ぶ

薇の大きな宇宙解きをり

通天閣　二句

のびのびと生駒の山の春の雲

町に棋士はやばやや点る春灯

明日葉や岡へ怒濤を見に上がる

花びらの転がり止まぬ地の乾き

もう終りさと言ひながら藤仰ぐ

裏町にマーガレットや修司の忌

棕櫚もまた黄金週間始まりぬ

姿見に正す看護の日の白衣《びやくい》

看護の日はナイチンゲール記念日

ががんぼに肩を貸したき夜の帳

空泣くと水輪が笑ふ花菖蒲

若夏や金魚の零す白き砂

昼寝覚誰か木魚で遊びゐる

商人《あきんど》の亡父に昼寝を叱らるる

鵜を照らすものみな消えて夏の月

剣菱の空き瓶卯の花腐しかな

走り根はさみしくないか梅雨茸

暑からむいとしこひしの大阪は

銭湯は構へが大事夕化粧

梅雨明くる酢豚海老チリ小籠包

スローモーションにすると船虫こゑ出すか

錆びし針金渡り真つ赤な蟻と成る

力芝その名より湧く光かな

夏の川硝子のやうに流れけり

左利きの水鉄砲にどきつとす

箒木《ははきぎ》の花咲く夏の思ひ出に

水蜜桃印度の人も買うてゆき

会津に帰省　四句

桐の実や雀散らしてバス来る

水打つて犬悦ばす樅の下

義父を吹き我等を吹きて扇風機

ウララといふ名の血圧計盆に入る

処暑の雨泰然として富士濡るる

青栗の愚劣て色づく村境

口笛吹く夾竹桃の赤に負け

陣痛を思ひ出す婆台風来

台風の夜の酢豚の旨きこと

名月や草木も靡く池之端

我が町や藪からしのみ若々し

雨は降る降る秋蝶の濃すぎる黄

富士吉田　四句

初雁や結はへて重き米袋

手が翼ならば頭は秋の風

都留文科大学前のすすき原

秋高し都留一中の小俣君

棗熟れすぐ其処に我が守屋山《もりやさん》

串揚げをソース浸《びた》しに西鶴忌

未来まで見渡すかぎり秋の蓮

科学の子たらむと胡桃割りし日も

枝垂れたるニッポン秋の雨匂ふ

もうええわと終る漫才秋の暮

西荻窪「真砂」

何たる幸グラタンに牡蠣八つとは

校正の力を得たり牡蠣グラタン

山白く河青く初モノレール

重詰の蓋に亡母の名お伊勢の名

雨音や貼り損なひし障子より

鯉を見て悴むばかり鏡池

水鳥の富士へ流れて行きにけり

日に染まり易きをみなよ早梅よ

伊予柑の明るさ子規と居る如く

箒屋は箒を下げて涅槃西風

信濃　五句

木に吊す寒暖計のあたたかし

漆黒の夜の明けたる古巣かな

春の鹿光は木々を彷徨し

連翹の光は機関車より強く

電気工一人花見の灯を点す

家の誉れ村の誉れの燕来る

どこの子の傘か代田に吹き飛びぬ

代々の木や代々の芽吹きの芳しき

水玉のコップに替はる卯月かな

風読めて未来の読めぬ五月かな

東京タワー春の闇より眺めたる

六月の男ひだるし利根運河

遮断機に擦られながら草茂る

検針員夏草よりも静かなる

下北

潮浴びの声よく透る崖下かな

恐山　六句

酒気退散檜葉の林の清水汲み

あめんぼに湖水思ひのほか荒く

見えぬ目の汗を拭ひぬいたこ寄せ

靴に杖きちつと揃へいたこの座

籐の座の蔓の緩びやいたこ寄せ

蟻を見て己に返る恐山

海峡を渡る夏帽握りしめ

をとしの水着を捜す桐箪笥

床下が柴犬の家海の家

海の家ときをり卓の砂を掃く

熱砂からひいひい戻る定年前

蚯蚓死す錆びて寂しき釘のごと

八月や波と化したる巡視船

佃島念仏踊　二句

月島は月よ佃島は念仏よ

踊る子の一人は空也月に吠え

会津に帰省　四句

旧盆やまだ花咲かぬコシヒカリ

田の水を止めに着替ふる盆の雨

懸煙草覆面の母目で笑みぬ

山からも川からも伸び葛の花

老松に青き実ひとつ地蔵盆

食パンのバターをきらす休暇明け

停電の町に富士立つ秋の暮

軽井沢　五句

追分は雨あかがねの薄の穂

胡麻の実の不敵な黒さ知命過ぐ

あでやかに皇女の丈のをみなへし

捨て冬瓜八つ我等と同じ数

秋の蟬茫々と昼過ぎゆくも

蛇笏忌や蜻蛉の空の上に空

北上　二句

北上や藁塚の上ゆく日暮れ鳥

秋の雲百年のちも椅子固し

リーチ棒灯火親しむべく放る

西国は時雨か西《シャア》の単騎待ち

息長く炭を熾しぬ酉の市

息かけて冬のたんぽぽ起しけり

冬の水余技さながらに蘆照らす

絹鳴りの天平の空山眠る

木枯や転びて起きぬルビ一字

健啖や百万石のかぶら鮓

与の重の草石蚕《ちよろぎ》が染めし箸なるぞ

母が吾に供へし蜜柑今朝も食ふ

鏡餅テレビ薄くて乗せられず

生きてゐる仕事始めの静電気

日暮れ鳥

以後

平成21年より

平成二十一年

広島や目鼻なき雛笑み給ふ

電車待つ無風の空の彼岸かな

大磯　二句

捨てられし鉢のすてばち草青む

宰相の家燃えしかと土筆摘む

夜の団地玻璃みしみしと桜咲く

天井に風船を飼ふ微熱かな

疾風のごとく蜂飛ぶ戦後とは

竹藪が濾過して白き花吹雪

散る花にドラム缶より炎《ほむら》立つ

富士晴れて牛糞を置く末黒かな

果てしなく続く端から麦を刈る

日暮まで青空見えて早苗月

坂の上に鄙びたる空鳳仙花

目高の子身震ひをして生まれけり

みちのく行　二十一句

いちじくの若葉に噎せて尾花沢

草刈るやいにしへ人の立ちし辺に

往生と記す提灯青田晴

自転車を止めれば流れ夏の河

山刀伐峠　三句

木霊して山刀伐に降る初蜩

老杉の洞に青空初ひぐらし

初蜩にうしろ姿を打たれけり

月山　四句

高嶺星ゐもりは浅き夢を見て

呪文の如くゐもりゐもりと阿陀ヶ原

天上にゐもり泳がせ月の山

知命過ぐ何を急いでお花畑

初風の殊に山湖の漣す

背負ふ子に秋風聞かせ最上川

風干しの鮭の十尾の匂ふこと

人間の胸元のやう秋夕焼

象潟の橋は丹の橋葛の花

蜻蛉や西施まつりを疾うに終へ

象潟や蕎麦にたつぷり菊の花

鷗らを子が追ふばかり秋渚

秋めくと空気枕の元気よく

名月に顔の歪みを正しけり

凄む石榴飴を思はず呑んでしまふ

猪が仔を庇ひし話法事果つ

冬の巨樹影に幾たり影匿す

次男
炬燵出て腹筋鍛へ二十二歳

パン食の暮しの軽さ冬の雷

ステーキの皿の人参いつも北

老境に老狂重ね時雨れけり

浅川マキ 新宿ピットイン公演　三句

大晦日公演昆布の注連飾り

さよならの唄多かりし氷柱かな

年の夜の「またねえ！」と貴女凍てるなよ

平成二十二年

隠岐に佐渡しのぶ百人一首かな

鎖されし空へ矢を射る山始

追悼 浅川マキ 二句

薄命の地球金縷梅咲きにけり

枝垂れ咲くずつと昔に逝きし梅

涅槃変馬上のごとく電車揺れ

春泥や天の深みに嵌るほど

五月闇タイヤが飛ばす小石の音

夏蝶の的にまつはる弓立かな

くぐるとき小さき茅の輪広ごりぬ

誰が産みしか炎日の力石

鬼灯市水をたくさん汲んできて

蟬飛ばすほど蟬の木の混み合へる

夕顔ひらく鶴川村を見渡す野

束になり掛かつて来いと夏休

虹を指す運転中も弟は

沖縄再訪　三句

南風原や茅花翳らせ島の空

アクターズスクール宜野湾の残暑光

発掘中弁当吊す福木《ふくぎ》に実

西会津　九句

おしやぶりが口よりこぼれ合歓の花

とろとろに佐渡のえご煮て盆用意

犬の死に嗚咽せし義父盆の雨

盆礼へ返せし義父のこゑ確か

聡き子は干し物寄せて盆の雨

盆三日蟬を鳴かせぬ山雨かな

傾く墓我等も傾ぎ西瓜置く

賊軍会津数珠玉結ひて墓標とし

盆の雨時かけて川流れたる

油紙商ふ美濃の秋の雨

流れ来る藻のくれなゐ水の秋

秋津舞ふ粘着テープ研究所

梨一つ置かるる安堵子規の墓

フラスコに芒を活けて薬学部

真っ白な給食当番秋高し

強火一斉秋津島根の曼珠沙華

手の届くところにいつも月見豆

多賀城址・塩竈　五句

コスモスの戦ぎにも似て遠いくさ

草ほどに石はもの言ふ秋の風

愁ひつつ秋のかもめに飛ぶ力

しほがまの港の見ゆる木の実かな

神嘗祭多羅葉は実を鈴生りに

木の葉降り実が降り腹を決めかぬる

眠り落つ狭霧濾過する心地して

綿虫飛ぶ山湖樹海をまなかひに

里海の牡蠣焼き夜の濃やかに

焼鳥を脱サラリーマンらしく焼く

平成二十三年

子が呉れし小型按摩器御慶かな

堅雪を踏みしむる音わが一歩

寒晴の鳥や眼下は敵だらけ

雛の日の付箋桃色中学生

紅き梅白き錠剤眠くなる

逡巡の鳥や椿の花揺らす

三月十一日　東日本大震災　学内泊

看護実習用毛布重しや分かち合ふ

朧夜にあらずぞろぞろ帰宅の歩

テレビより津波こぼれてきてならぬ

春月や揺すられて哭く秋津島

浪除稲荷に禱る明日やふきのたう

ふるへつつ万余の辛夷開きけり

桑の芽を過ぐる何かに追はれつつ

春炬燵消し電灯を消しに起つ

芽柳を仰ぐひと日の停電に

医療救援キャラバン送る涅槃西風

はくれんの夕日まみれに傷むかな

蝌蚪の紐しつかり草を摑まへて

春いちご余震のあとの唇乾く

地震なき日ほつとホワイトアスパラガス

受難から復活の日まで囀れよ

花も芽も青む柳や天上に

花三分眼科帰りの母を撮る

寺島町「鳩の街」三句

震災の支援若葉の鳩の街

義捐十万何がしの金街薄暑

毀つ家蝶はどこへも抜けられて
柿の芽のあをさひとしほ子規旧居
子規庵の鶉長生き春の月
あたたかや涙ぐむ日を重ね来て
春塵を掃く抵当権取れたる日

足もとの明るき夕べ母子草

雨上がる目高数へてゐるうちに

勤め上げさてこれからの翁草

伊香保　鍵和田秞子先生「ほととぎす」句碑

伸びやかに開く薇秞子句碑

鈍《に》ぶの空西田佐知子のエリカ咲く

鉄線花は力蓄へ長命寺

長者眉椎の落花に動いたる

つつがなく実はくれなゐに江戸桜

庭の薔薇ブリキの金魚より紅く

幕間の歯にしむ小倉アイスかな

茅花流し穂波の銀が胸に着く

働いて灯ともし頃の蟻の穴

市役所と拘置所結ぶ躑躅の緋

電灯の紐を見る癖梅雨に入る

繋がれし犬を猫過ぐ夕立かな

独活、アスパラ、胡瓜、米を戴く

堂々の独活十一本会津より

きんぴらにして独活の皮はつらつと

若竹と呼ぶにはひ弱地震以後

ツナ缶の油を絞る半夏生

たれかれの電話が遠し楸邨忌

熊野行　七句

木の国の流木赤き土用かな

鬼《き》の国に育つ鬼百合熊野灘

木に衣を掛けて収まる出水川

みくまのを巡る水の香燕の子

老鶯の高さに古道弥《いや》古りぬ

夏怒濤朝日真つ赤な身を起こし

青田抱き一山背負ひ家ひとつ

旅の荷の団扇の反りを正しけり

滝が鳴る滝の切手を貼るたびに

蚊が刺してゆく静かなる脹脛

百日紅濃すぎてこの世はみ出しぬ

革靴へ向きを変へたり青蜥蜴

三伏や胸を張らねばシャツ萎ゆる

鳴きあぐね落ちあぐね蟬一休み

散り敷いて昼がむらさき胡麻の花

西会津　四句

ビール注ぐ一時は避難せし義父に

汚泥田に案山子は立たず鳥は来ず

川越えて午砲尾を引く終戦日

裏山やあるか無きかに盆の月

身籠れる人は背を向け稲光

稲びかり誰もが見返り美人たり

十五夜の波を率ゐて島の立つ

吾亦紅抱いてゆけば激しかり

豊科　三句

咲き満ちてコスモス水漬く日暮かな

落日と闘ふごとく稲を刈る

藁塚の秀を染め遥かなる夕日
赤色の野菜買うたり秋の暮
海山のもののぬくもり土瓶蒸し
八千草に置かれてをりぬ空気入
人麻呂の家の柿の実熟す頃

禅寺丸こつんと種が皿鳴らす

後厄のなるほど膝の痛む秋

たつぷりの皮肉老人の日なりけり

成蹊学園

草田男句碑富士も太初の雪重ね

行く年の音がジーンと電熱器

平成二十四年

初富士やもう叱られて機屋《はたや》の子

まなぶたはタイムカプセル淑気満つ

滝凍る木つ端微塵の光秘め

棒チョコの銀紙の皺松過ぎぬ

寒晴の千木は佳き影落しける

うすごほり瞼のやうに今を閉づ

待春や煮て柔らかき出世魚

富士山へ吹けば戻され石鹸玉

山椒の芽に触れし指若返る

空也吐くものの続きに猫柳

甍より零るる月日蕨餅

少年は釣るを急がず春休

苧環の色を飛ばして日は西に

熊本　五句　江津湖

水に身を任せて軽鳧《かる》の子沢山

偉丈夫に芭蕉の芽吹く汀かな

双つ蝶恋に焦がるる時は過ぎ

夕映や肥後銀行の躑躅垣

鳥雲に黄昏れて輝る市電の黄

絹を張る明るさにあり山桜

一石を投ずる如く蝌蚪に風

川越 新河岸川　四句

春愁の脛ずぶ濡れに河岸の雨

戦前さながら花の舞ふ村社かな

献納の紙の零戦花の雨

トースター故障暮春のバーガー店

春雷に相槌を打ちゐたりける

産み分けも叶ふ奢侈の世すみれ草

鯉幟プロパンガスのボンベ打つ

袖香爐卯月の雨に偲びけり

湧水へ花の狼藉鬼胡桃

言霊や婆娑と花落つ鬼胡桃

花胡桃子ら去りしごと散らかりぬ

四方山へ花を擲つ胡桃の木

信濃園原　六句

四五枚の代田を抱き多産の家

夕日とも西日とも川舐る猫

ははき木の信濃園原田水張る

手の泥を落とす勢ひの田水張る

山女焼く防人も義経も来て

知波夜布留神の光の橡若葉

ふつと我にかへる日傘の開く音

冷房の会津若松にて切れし

花桐を忽と揚げたる空也原

薄暑の葬卍を印すひたひ紙

巣燕や会津念仏うねり出す

還暦やほたるぶくろに触れたがる

長男結婚

紫陽花や染め染められて婚成りぬ

合歓の葉も風も歓び六月婚

噴水のスイッチ森の栗鼠の手に

睡蓮を靡かす鯉の風雅かな

六月や女教師のころゑ玻璃を越え

木下闇アナウンス部の声に満つ

朱の起源石榴の花のけざやかに
天平の甍の見ゆる蛭蓆
シーソーの高さに草の茂りたる
みづうみや莨火強く火蛾誘ふ
何か為すこと鬼百合の咲く前に

会津若松

風評被害対策キャラバン隊の夏

食ひ終へし丼に艶鰻の日

姨捨　二句

山の日のひりひり痛きトマトかな

炎天や葬列のごと行く棚田

木漏れ日を縫つて白蛇とならむかな

八ヶ岳晩夏仮面土偶は面を取れよ
戸隠や星が宿借る芋の露
梨食ふやこころおきなく雨の降る
糸尻の湿りを拭ふ冷ややかに
ながらをゆすればこがね虫なりき

虫喰ひも色の一つの柿黄葉

栗を割るいにしへ人の力もて

対岸も縦に雨降る曼珠沙華

その下に立つのも供養糸瓜棚

雨がちの子規忌を修し散りぢりに

台風の北上爪を切つて待つ

沖へ出るにはまだ若し霧匂ふ

中空に日溜りのある稲埃

おんぶばつた二夫落ちまいとしがみ付く

飛行機と鳶ぶつからず天高し

ビーフストロガノフと言へた爽やかに

肩ぐるま木の葉親しく降りにけり

クリスマスおもちゃ屋の子は何貰ふ

浅草の暮色や燗のつかる頃

花やしき寒暮のネオン朱をこぼす

平成二十五年

輝《あかがり》のかつて鉄筆握りし手風に謝す素心臘梅黄に溢れ

水天宮

早梅や供仕る帯祝

をちこちの松は斜めに暖かき

三・一一

忘れられかけてふたとせ梅匂ふ

春は曙うぐひすパンを鶯へ

眠い目をこする貝母の咲くやうに

一度見て二度目は母と蕗の薹

春の蠅石を比べてゐたりけり

走り出す自転車籠の濃紅梅

かたかごの花や相和し相背き

並走の電車別るる春の闇

飛行機の腹を見てゐて暖かし

アコーディオン世代長生き花の宴

楸邨に気根隆々銀杏芽吹く

春闌けてひばりが丘と言ふ響き

わらびもちややがて生まれてくる子かな

鷹化して鳩となるからには励め

闇に鍵掛けたる暗さ修司の忌

もう親でも子でもない筍を煮る

この頭脳東大に咲く棕櫚の花

釣り球に空《くう》切るバット夏は来ぬ

新樹光鳥は進路をあやまたず

一学級地図もて学ぶ町薄暑

絶筆のごとく噴水止まりけり

浅草　三社祭

世を罵り神輿罵り瘦せ老婆

水鉄砲五十鈴川より弾を汲み

阿武隈高地を抜け相馬、浪江へ

霊山《りやうぜん》や雨にけぶれる青胡桃

被曝野やあやめ咲いたる難破船

樹下石上夜の尼寺跡のみなみかぜ

蜻蛉うまれ北上の水ひろごりぬ

虹二重嬰も眉上げゐたるらむ

初孫生まる

しのばずもしのぶがおかも油照り

上野　六句

死なぬやう皆水を買ふ蟬の昼

「深海展」出て眩しさよ氷旗

戦前も戦後も赤く氷旗

噴水や天地無用の荷が通る

噴水の消ゆるを描く写生の子

塩の噴く眼鏡の蔓や百日紅

明治大学和泉校舎を四十年ぶりに訪ね

学舎炎暑松と公衆電話古り

伊那高遠　四句

みしみしと西日の音す文学館

夏の月三尺締めて子らは華

蟻地獄地獄を見たと蟻還る

藤蔓をト音記号に夏木歌ふ

アンドロメダほど斜に構へ蜘蛛の囲は

蕎麦咲くや空に電線敷く工夫

西会津　三句

車麩の綺麗に揚がる盆の入

会津戦争

砲弾を今も家宝に盆の酒

夕かなかなかな柱時計を鳴かせけり

照りそめて八月は行く沢胡桃

蓮は実を飛ばし尽くせず水の中

名月や濡れ煎餅のやうな世の

秋風の色して回る理髪灯

広島や鯛はこゑ失はず

秋泉明日ある如く人走る

あらかわ遊園

観覧車から柿を捥ぐタイミング

雁や浦風沁みるコロッケパン

土佐　六句

竜馬暗殺以後の日本秋の潮

雁の下タイヤへ空気入れてをる

わたつみや石蕗は全き黄を競ひ

牧野植物園

牧野式写生美し花野みち

茶椿は炉開きの花日だまりに

露けしや市電線路の夜の芝

ざざ虫の苦みや酒を可惜《あたら》身に

切干のふつくらと夜の灯の豊か

平成二十六年

重ね着を重ね脱ぎして弘法湯

氷下魚《こまい》焼くダンチョネ節を口遊み

きのふ三つけふ四つ跳びし猫柳

豆腐売る声と買ふ声玉椿

ネクタイの朱に交はりぬ枝垂梅

鍵和田秞子主宰「未来図」三十周年

未来図は波打ちぎはの如く春

おほかたは鎌倉で降り夏帽子

うかれ鵜が川下る由利徹の忌

秘書課長たりし頃

社長車を見送る怪我の蝙蝠と

香水一変自由が丘で乙女乗り

自選　守屋明俊句集　畢

守屋明俊句集『西日家族』によせて

鍵和田秞子

第一句集の題名を、守屋さんは迷うことなく『西日家族』と決められた。夏の日差は西日になってべたべたと部屋に差し込んで、やりきれない暑さである。その中に居る家族のイメージは、読者に強烈な印象を与えるものがある。集中に、

西日家族督促状のひらひらす

の一句があって、かなり深刻な状況を詠んだ句らしいと推察される。

こう書くと、この一書はなにか重苦しい深刻な家庭問題でも詠んだ句集のように思われるかも知れないが、事実はむしろ反対である。全体が明るくからりとして、エスプリがあり、「西日家族」を詠んでも愛情と客観性に支えられて、決して暗くはならない。

鍋蓋のシンバル叩き夜長の子
父の球受くる端から銀杏散る
春暁や子の独り言ひとり唄
端午の日をのこ桂馬で攻め来たり
叱られて寝る子に閉まる襖かな
一とほり家族の触れし破魔矢かな

初期の頃の句から適宜に抽いてみたが、その傾向はよく表れていると思う。

辛抱の我よりも先づ田水沸く
朧夜の妻を運べぬ非力かな
蟇よりも我が身構へのどろどろと
妻のゐぬ間よ母が来て冬仕度
向日葵を門柱として火宅なり

次第にこの様な傾向の句が混じるが、どことなく諧謔味が漂っていて、むしろ興味深く肯きながら読みすすむことができる。

一方、職場では、この三十代半ばから四十代にかけて、秘書課長のような要職の激務に就かれていたようで、これも気苦労の多い時期だったと推察されるのだが、例えば、

ごきぶりを打ちし靴拭き男秘書
口堅き秘書うち揃ひ石榴割る
春雷や社葬の予行きびきびと
登音を使ひ分け秘書寒に入る

など、これも客観化されたゆとりがあって、一種の俳味が、むしろ愉しい。こうした傾向は、多分、作者が東京も浅草に育ち、落語などが大好きだったという環境にも関係があるだろう。生来、ウイットに富む人柄でもあるようで、俳人では子規を詠んだ句が幾つか目につき、そこにも作者の好みが見えてくる。そういえば、一句の切り口の思い切りの良い明快さや、リズムなどに、子規に通ずるところがあるの

ではないかと思う。
さて、もう一つ『西日家族』を支えている大きな存在は、守屋さん御夫妻それぞれの故郷であろう。守屋さんの田舎は信州らしく、奥様の実家は会津らしいが、夏休みなどの帰郷がお子さんたちを豊かに支え、作者の句業にも大いにプラスしているようである。

田を分かつ川になみなみ夕立かな
犬小屋に乗り犬が見る秋の山
鶏頭も墓も根づいてをりしかな
冬日いま大き仏にしみ入りぬ

それぞれの故郷の自然や人々に支えられ、この一家これからどのように成長してゆくのだろうか。ともあれ、ここに若い家長としての作者の、一家を支えて生きる根底があるように思える。

女まづ髪より消ゆる秋の闇

障子洗ふには団地出て町を出て
芭蕉布の部屋着より湧く怒濤かな
滝自身送り出されて驚きぬ
身の内へ我が影帰る秋の暮
白息や負けじと吐けばくらくらす
裸子や裸でない子寄せつけず
山と山向き合うてゐて秋に入る
邯鄲や一夜かぎりの菜食派
ゐのししの鼻を離れず草紅葉

近作から私の好きな句を抽いてみた。ユーモアもペーソスのエスプリも、年令の深まりと共に渾然として、一つの詩境を形成している。庶民の日常性の中に、如何に生き生きとした詩がひそんでいたかを改めて感じさせる句群である。その瑞々しさと斬新な切り口に、作者の詩的感覚の鮮やかさが見える。俳人としての資質のゆたかさも感じられる。しかもあえて、『西日家族』と題名を付けるところに、作者の毅然とした姿勢があり、自己の句作の核を見つめる目がある。

今後も確かな写実性を支えに、大胆に、新鮮さを失わずに、独自の俳味ある句風を大成してほしい。二十一世紀への生活派の作家として、大きな期待を寄せている。

終りに、守屋さんの評論について書き加えたい。俳人協会の『俳句文学館紀要』第十号に、「昭和医専の水原秋櫻子」の論文が採用された。これは秋櫻子研究にも大きな貢献を成すものと好評で、同大学に勤務している作者ならではの資料蒐集による綿密な論究であった。今後この方面での活躍が期待される。

現在は私どもの俳誌「未来図」の編集長でもあり、その献身的協力にも感謝してペンを擱くことにする。

平成十一年　立夏

—同書序より—

季語索引

あ

青嵐【あおあらし】（夏）50
青蛙【あおがえる】（夏）87
青栗【あおぐり】（夏）157
青胡桃【あおくるみ】（夏）233
青田【あおた】（夏）101 206
青田波【あおたなみ】（夏）50 87
青田晴【あおたばれ】（夏）180
青蜥蜴【あおとかげ】（夏）207
皹【あかがり】（冬）93 228
赤とんぼ【あかとんぼ】（秋）142
赤のまま【あかのまま】（秋）120
秋【あき】（秋）106 193 211 238
秋愁ひ【あきうれい】（秋）193
秋惜しむ【あきおしむ】（秋）106
秋風【あきかぜ】（秋）144 182 238
秋さぶ【あきさぶ】（秋）122
秋時雨【あきしぐれ】（秋）71
秋高し【あきたかし】（秋）106 159 192
秋立つ【あきたつ】（秋）103
秋近し【あきちかし】（夏）82
秋蝶【あきちょう】（秋）144 158
秋津【あきつ】（秋）191
秋黴雨【あきついり】（秋）121
秋渚【あきなぎさ】（秋）54 123 183
秋に入る【あきにいる】（秋）51
秋の雨【あきのあめ】（秋）122 160 191
秋の色【あきのいろ】（秋）72
秋の海【あきのうみ】（秋）103
秋の湖【あきのうみ】（秋）136
秋の風【あきのかぜ】（秋）22 69 158 193
秋の草【あきのくさ】（秋）135
秋の雲【あきのくも】（秋）171
秋の暮【あきのくれ】（秋）139 142 160 169 210
秋の潮【あきのしお】（秋）239
秋の蟬【あきのせみ】（秋）104 170
秋の園【あきのその】（秋）70
秋の田村草【あきのたむらそう】（秋）142
秋の蓮【あきのはす】（秋）159
秋の蜂【あきのはち】（秋）119
秋の蛇【あきのへび】（秋）53
秋の山【あきのやま】（秋）15
秋の闇【あきのやみ】（秋）22
秋場所【あきばしょ】（秋）16
秋晴【あきばれ】（秋）47
秋彼岸【あきひがん】（秋）16 27
秋深む【あきふかむ】（秋）83
秋祭【あきまつり】（秋）53
秋めく【あきめく】（秋）183
秋夕焼【あきゆうやけ】（秋）182
揚羽【あげは】（夏）80
明易し【あけやすし】（夏）79
朝顔【あさがお】（秋）36
朝寝【あさね】（春）59

紫陽花【あじさい】（夏）14 30 220
明日葉【あしたば】（春）151
翌は秋【あすはあき】（夏）118
アスパラガス【あすぱらがす】（春）198
汗【あせ】（夏）43
遊び舟【あそびぶね】（夏）67
暖か【あたたか】（春）74 111 127 149 162 200 228 230
暑し【あつし】（夏）10 26 47 65 67 133 154
アッパッパ【あっぱっぱ】（夏）64
油蟬【あぶらぜみ】（夏）117
油虫【あぶらむし】（夏）30
油照り【あぶらでり】（夏）43 234
甘茶の花【あまちゃのはな】（夏）133
余り苗【あまりなえ】（夏）131
あめんぼ（夏）165
あやめ（夏）233
鮎【あゆ】（夏）134
蟻【あり】（夏）89 155 166 203
蟻地獄【ありじごく】（夏）51 64 87 236
泡盛【あわもり】（夏）77

い

十六夜【いざよい】（秋）37
石狩鍋【いしかりなべ】（冬）32
いたこ寄せ【いたこよせ】（夏）166
銀杏散る【いちょうちる】（秋）8
凍つ【いつ】（冬）32 145
いとど（秋）54
稲妻【いなづま】（秋）136
稲光【いなびかり】（秋）208 209
稲埃【いなぼこり】（秋）226
稲刈【いねかり】（秋）209
稲の花【いねのはな】（秋）90
芋嵐【いもあらし】（秋）70
芋の露【いものつゆ】（秋）52 135 224
芋掘り【いもほり】（秋）52
蠑螈【いもり】（夏）181
伊予柑【いよかん】（春）162
色変へぬ松【いろかえぬまつ】（秋）27

う

鵜【う】（夏）242
浮いてこい【ういてこい】（夏）44
植田【うえた】（夏）131
鶯【うぐいす】（春）229
薄氷【うすごおり】（冬）213
団扇【うちわ】（夏）206
卯月【うづき】（夏）164 217
空蟬【うつせみ】（夏）50 139
独活【うど】（春）204

鰻【うなぎ】（夏）66 134
鰻の日【うなぎのひ】（夏）64 223
卯の花腐し【うのはなくたし】（夏）153
海の家【うみのいえ】（夏）167
梅【うめ】（春）20 74 228
運動会【うんどうかい】（秋）91

え

恵方道【えほうみち】（新年）40
エリカ【えりか】（春）201
炎暑【えんしょ】（夏）21 235
遠足【えんそく】（春）97
炎日【えんじつ】（夏）187
炎天【えんてん】（夏）21 100 134 223

お

黄金週間【おうごんしゅうかん】（春）49 152
大晦日【おおみそか】（冬）185
翁草【おきなぐさ】（春）62 131 201
晩稲【おくて】（秋）83
オクラ【おくら】（秋）138
小倉アイス【おぐらあいす】（夏）202
御降り【おさがり】（新年）39
苧環の花【おだまきのはな】（春）214
落椿【おちつばき】（春）9
落葉【おちば】（冬）23 72
威銃【おどしづつ】（秋）119
踊【おどり】（秋）68
おなもみ（秋）53
鬼胡桃【おにくるみ】（秋）217
鬼やんま【おにやんま】（秋）92
鬼百合【おにゆり】（夏）205 222
朧【おぼろ】（春）46
朧夜【おぼろよ】（春）25 196
女郎花【おみなえし】（秋）170
おんぶばった（秋）226

か

蚊【か】（夏）36 131 206
蛾【が】（夏）26 222
案山子【かかし】（秋）138 208
鏡餅【かがみもち】（新年）173
ががんぼ（夏）152
柿【かき】（秋）44 144 210 211 239
牡蠣【かき】（冬）160 194
かき氷【かきごおり】（夏）64
書初【かきぞめ】（新年）29
垣手入【かきていれ】（春）148
柿の花【かきのはな】（春）42

柿の芽【かきのめ】（春） 200
柿黄葉【かきもみじ】（秋） 225
懸煙草【かけたばこ】（秋） 169
陽炎【かげろう】（春） 60
重ね着【かさねぎ】（冬） 241
悴む【かじかむ】（冬） 161
賀状【がじょう】（新年） 33
霞【かすみ】（春） 111
風邪【かぜ】（冬） 12 23 73
堅香子の花【かたかごのはな】（春） 35 230
形代【かたしろ】（夏） 43
堅雪【かたゆき】（冬） 195
蝌蚪【かと】（春） 42 215
蝌蚪の紐【かとのひも】（春） 110 198
黴【かび】（夏） 36 102
かぶら鮓【かぶらずし】（冬） 173
かまきり（秋） 19
神の留守【かみのるす】（冬） 23
烏瓜【からすうり】（秋） 92
狩人【かりうど】（冬） 147
雁【かり】（秋） 239
雁の頃【かりのころ】（秋） 105
雁渡る【かりわたる】（秋） 142
榠樝の実【かりんのみ】（秋） 121
軽鳧の子【かるのこ】（夏） 214
川霧【かわぎり】（秋） 121
革ジャンパー【かわじゃんぱー】（冬） 85
翡翠【かわせみ】（夏） 82
寒明【かんあけ】（春） 125 149
寒月【かんげつ】（冬） 95
看護の日【かんごのひ】（夏） 152
燗酒【かんざけ】（冬） 227
寒雀【かんすずめ】（冬） 109
寒柝【かんたく】（冬） 24
邯鄲【かんたん】（秋） 52
寒中【かんちゅう】（冬） 147
カンナの花【かんなのはな】（秋） 11 77 105
神嘗祭【かんなめさい】（秋） 193
寒に入る【かんにいる】（冬） 20
寒波【かんぱ】（冬） 83
寒晴【かんばれ】（冬） 195 212
寒暮【かんぼ】（冬） 148 227

き

菊【きく】（秋） 53 183
菊人形【きくにんぎょう】（秋） 48 122
菊の酒【きくのさけ】（秋） 71
黄水仙【きずいせん】（春） 25
茸【きのこ】（秋） 120 135
甘蔗の花【きびのはな】（秋） 123
黍の穂【きびのほ】（秋） 137
休暇明【きゅうかあけ】（秋） 169
旧盆【きゅうぼん】（秋） 168
夾竹桃【きょうちくとう】（秋） 157
御慶【ぎょけい】（新年） 195
霧【きり】（秋） 194 226
桐の花【きりのはな】（夏） 220

桐の実【きりのみ】（秋）156
切干【きりぼし】（冬）240
銀杏【ぎんなん】（秋）69

く

草青む【くさあおむ】（春）126 177
草刈【くさかり】（夏）65 118 180
くさぎの花【くさぎのはな】（夏）102
草茂る【くさしげる】（夏）165
草虱【くさじらみ】（秋）32
草の絮【くさのわた】（秋）32
草紅葉【くさもみじ】（秋）54 143
葛【くず】（秋）116
葛の葉【くずのは】（秋）116
葛の花【くずのはな】（秋）68 169 182
葛掘る【くずほる】（秋）121
葛湯【くずゆ】（冬）39
薬喰【くすりぐい】（冬）93
蜘蛛【くも】（夏）18 137
蜘蛛の囲【くものい】（夏）236
蜘蛛の糸【くものいと】（夏）78
グラジオラス【ぐらじおらす】（夏）88
栗【くり】（秋）225
クリスマス【くりすます】（冬）124 227
胡桃【くるみ】（秋）66 160
胡桃の花【くるみのはな】（夏）218
桑の芽【くわのめ】（春）197

け

解夏【げあき】（秋）89
啓蟄【けいちつ】（春）125
鶏頭【けいとう】（秋）31 37 104 105 107 120 140

こ

恋猫【こいねこ】（春）60 129
鯉幟【こいのぼり】（夏）217
香水【こうすい】（夏）242
紅梅【こうばい】（春）195 229
蝙蝠【こうもり】（夏）66 242
氷旗【こおりはた】（夏）234 235
こおろぎ（秋）120
五月【ごがつ】（夏）98 164
五月病【ごがつびょう】（夏）98
黄金虫【こがねむし】（夏）224
木枯【こがらし】（冬）172
ごきぶり（夏）8
酷暑【こくしょ】（夏）66
こしあぶらの芽【こしあぶらのめ】（春）130
木下闇【こしたやみ】（夏）221
コスモス【こすもす】（秋）193 209

去年今年【こぞことし】（新年）33
木染月【こそめづき】（秋）105
炬燵【こたつ】（冬）24 40 184
小鳥来る【ことりくる】（秋）119
子猫【こねこ】（夏）116
木の葉【このは】（冬）144
木の葉髪【このはがみ】（冬）38
木の葉降る【このはふる】（冬）194 227
木の実【このみ】（秋）193
木の芽【このめ】（春）33
辛夷の花【こぶしのはな】（春）110 197
辛夷の芽【こぶしのめ】（春）96
独楽【こま】（新年）41
氷下魚【こまい】（冬）241
胡麻の花【ごまのはな】（夏）207
胡麻の実【ごまのみ】（秋）170
蚕屋【こや】（春）49
更衣【ころもがえ】（夏）99
昆布【こんぶ】（夏）102

さ

西鶴忌【さいかくき】（秋）140 159
西行忌【さいぎょうき】（春）125
歳晩【さいばん】（冬）146
囀【さえずり】（春）199
桜【さくら】（春）177 202
桜狩【さくらがり】（春）49
桜散る【さくらちる】（春）97
桜の実【さくらのみ】（夏）76
桜待つ【さくらまつ】（春）48
石榴【ざくろ】（秋）8 23 143 184
石榴の花【ざくろのはな】（夏）222
鮭【さけ】（秋）182
ざざ虫【ざざむし】（冬）33 240
五月闇【さつきやみ】（夏）187
早苗月【さなえづき】（夏）179
五月雨【さみだれ】（夏）42 132
ざりがに（夏）7
百日紅【さるすべり】（夏）207 235
沢胡桃【さわくるみ】（秋）90 237
爽やか【さわやか】（秋）106 227
サングラス【さんぐらす】（夏）79
山茱萸【さんしゅゆ】（春）59 96
残暑【ざんしょ】（秋）11 189
山椒の芽【さんしょうのめ】（春）213
撒水車【さんすいしゃ】（夏）67
三伏【さんぷく】（夏）100 207
秋刀魚【さんま】（秋）31

し

椎の花【しいのはな】（夏）202
潮浴び【しおあび】（夏）165
潮干狩【しおひがり】（春）98
潮灼け【しおやけ】（夏）115
子規忌【しきき】（秋）69 225
時雨【しぐれ】（冬）84 171 185

時雨忌【しぐれき】（冬）45
仕事始【しごとはじめ】（新年）173
猪【しし】（秋）91 184
猪垣【ししがき】（秋）91
蜆汁【しじみじる】（春）150
猪罠【ししわな】（秋）92
地蔵盆【じぞうぼん】（秋）169
枝垂梅【しだれうめ】（春）186 241
羊歯若葉【しだわかば】（夏）79
七月【しちがつ】（夏）117
四万六千日【しまんろくせんにち】（夏）67
霜柱【しもばしら】（冬）95
霜夜【しもよ】（冬）108
清水【しみず】（夏）89 165
注連貰【しめもらい】（新年）147
灼熱【しゃくねつ】（夏）77
石鹸玉【しゃぼんだま】（春）98 127 213
十五夜【じゅうごや】（秋）209
修司忌【しゅうじき】（春）152 231

鞦韆【しゅうせん】（春）129
終戦忌【しゅうせんき】（秋）37
終戦日【しゅうせんび】（秋）137 208
楸邨忌【しゅうそんき】（夏）204
重詰【じゅうづめ】（新年）161
淑気【しゅくき】（新年）94 212
熟柿【じゅくし】（秋）38 104 119
数珠玉【じゅずだま】（秋）191
棕櫚の花【しゅろのはな】（夏）14 25 232
春暁【しゅんぎょう】（春）9 33
春月【しゅんげつ】（春）196
春愁【しゅんしゅう】（春）216
春筍【しゅんじゅん】（春）14
春塵【しゅんじん】（春）34 200
春泥【しゅんでい】（春）187
春灯【しゅんとう】（春）126 151
春服【しゅんぷく】（春）96
春眠【しゅんみん】（春）75
春雷【しゅんらい】（春）13 216
諸葛菜【しょかっさい】（春）7

障子【しょうじ】（冬）72 161
障子洗ふ【しょうじあらう】（秋）23
障子張る【しょうじはる】（秋）44
上布【じょうふ】（夏）19
菖蒲根分【しょうぶねわけ】（春）74
処暑【しょしょ】（秋）157
白息【しらいき】（冬）45 146
白魚【しらうお】（春）34
白梅【しらうめ】（春）130
代掻【しろかき】（夏）130
白地【しろじ】（夏）26
代田【しろた】（夏）130 163 218
新樹【しんじゅ】（夏）132 232
新松子【しんちぢり】（秋）138
新涼【しんりょう】（秋）19

す

西瓜【すいか】（秋）103 190
水中花【すいちゅうか】（夏）68

水蜜桃【すいみつとう】(秋) 156
睡蓮【すいれん】(夏) 221
すが漏り【すがもり】(冬) 40
杉の実【すぎのみ】(秋) 11 134
隙間風【すきまかぜ】(冬) 40
末黒【すぐろ】(春) 178
スコール【すこーる】(夏) 81
芒【すすき】(秋) 141 143 192
芒野【すすきの】(秋) 38 52 141
薄の穂【すすきのほ】(秋) 19 170
芒原【すすきはら】(秋) 11 141 159
涼し【すずし】(夏) 30
煤払【すすはらい】(冬) 108
捨団扇【すてうちわ】(秋) 16
菫【すみれ】(春) 128 217

せ

施餓鬼【せがき】(秋) 27
惜春【せきしゅん】(春) 75 76
蟬【せみ】(夏) 18 66 78 188 207 234
蟬の穴【せみのあな】(夏) 136
芹【せり】(春) 128
潜水【せんすい】(夏) 31
扇風機【せんぷうき】(夏) 156
薇【ぜんまい】(春) 150 201

そ

雑炊【ぞうすい】(冬) 17 124
早梅【そうばい】(冬) 162 228
底冷【そこびえ】(冬) 84 148
卒業【そつぎょう】(春) 42 110
蕎麦の花【そばのはな】(秋) 10 88 118 237

た

大根干す【だいこんほす】(冬) 145
待春【たいしゅん】(冬) 213
台風【たいふう】(秋) 122 157 226
鯛焼【たいやき】(冬) 85
田植雨【たうえあめ】(夏) 75
鷹化して鳩となる【たかかしてはととなる】(春) 231
滝【たき】(夏) 26 31 206
滝凍る【たきこおる】(冬) 212
啄木忌【たくぼくき】(春) 61
竹馬【たけうま】(冬) 29
竹の秋【たけのあき】(春) 29
竹の子【たけのこ】(夏) 132 231
蛇笏忌【だこつき】(秋) 171
田仕舞【たじまい】(秋) 143
棚経【たなぎょう】(秋) 22
田水張る【たみずはる】(夏) 218 219
田水沸く【たみずわく】(夏) 21
端午【たんご】(夏) 9 35
探梅【たんばい】(冬) 59
蒲公英【たんぽぽ】(春) 129

ち

力芝【ちからしば】（夏）155
竹婦人【ちくふじん】（夏）102
父の日【ちちのひ】（夏）62
ちちろ虫【ちちろむし】（秋）15 27
茅の輪【ちのわ】（夏）43 187
茶の花【ちゃのはな】（冬）145
蝶【ちょう】（春）9 42 200
蝶生る【ちょううまる】（春）129
蝶の恋【ちょうのこい】（春）80 128 215
蝶の昼【ちょうのひる】（春）47
草石蚕【ちょろぎ】（新年）94 173
散る桜【ちるさくら】（春）61
散る花【ちるはな】（春）61 178

つ

月【つき】（秋）104 142 168
月明り【つきあかり】（秋）70
月の座【つきのざ】（秋）104
土筆【つくし】（春）177
作り滝【つくりだき】（夏）63
月見酒【つきみざけ】（秋）69
月見豆【つきみまめ】（秋）192
月を待つ【つきをまつ】（秋）52 140
躑躅【つつじ】（春）203
椿【つばき】（春）24 196 241
茅花【つばな】（夏）189
茅花流し【つばなながし】（夏）203
燕【つばめ】（春）163
燕の子【つばめのこ】（夏）205
燕の巣【つばめのす】（夏）220
冷たし【つめたし】（冬）96
露【つゆ】（秋）122
梅雨【つゆ】（夏）62 99 100
118
梅雨明【つゆあけ】（夏）101 154
梅雨兆す【つゆきざす】（夏）99
梅雨茸【つゆきのこ】（夏）154
露けし【つゆけし】（秋）240
梅雨に入る【つゆにいる】（夏）203
梅雨の蝶【つゆのちょう】（夏）50 133
梅雨夕焼【つゆゆうやけ】（夏）132
氷柱【つらら】（冬）185
釣忍【つりしのぶ】（夏）81
鶴【つる】（冬）84
蔓茘枝【つるれいし】（秋）16
石蕗の花【つわのはな】（冬）239

て

鉄線花【てっせんか】（夏）202
出水【でみず】（夏）118
出水川【でみずがわ】（夏）205
照紅葉【てりもみじ】（秋）44
天草干す【てんぐさほす】（夏）62
天高し【てんたかし】（秋）226
電熱器【でんねつき】（冬）211

と

灯火親しむ【とうかしたしむ】(秋) 171
冬瓜【とうがん】(秋) 170
蜥蜴出づ【とかげいず】(春) 9
時の日【ときのひ】(夏) 10
年新た【としあらた】(新年) 94
年果つ【としはつ】(冬) 124
年取【としとり】(冬) 109
年の夜【としのよる】(冬) 185
年逝く【としゆく】(冬) 108 124
年を越す【としをこす】(冬) 124
土瓶蒸し【どびんむし】(秋) 210
トマト【とまと】(夏) 223
土用【どよう】(夏) 205
土用鰻【どよううなぎ】(夏) 64
土用照【どようでり】(夏) 100
豊の秋【とよのあき】(秋) 11 91
鳥雲に【とりくもに】(春) 62 215
鳥鍋【とりなべ】(冬) 145
酉の市【とりのいち】(冬) 172
鳥の日【とりのひ】(夏) 50
どんど焼き【どんどやき】(新年) 41
蜻蛉【とんぼ】(秋) 90 183
蜻蛉生る【とんぼうまる】(夏) 234

な

ナイター【ないたー】(夏) 99
苗木市【なえぎいち】(春) 110
苗床【なえどこ】(春) 128
梨【なし】(秋) 107 192 224
茄子漬【なすづけ】(夏) 115
茄子の馬【なすのうま】(秋) 68 89
菜種梅雨【なたねづゆ】(春) 130
夏【なつ】(夏) 81 223
夏終る【なつおわる】(夏) 88
夏木【なつき】(夏) 236
夏来る【なつきたる】(夏) 232
夏草【なつくさ】(夏) 165
夏怒濤【なつどとう】(夏) 206
夏野【なつの】(夏) 87
夏の雨【なつのあめ】(夏) 101
夏の海【なつのうみ】(夏) 63 80 81
夏の川【なつのかわ】(夏) 116 155 180
夏の蝶【なつのちょう】(夏) 187
夏の月【なつのつき】(夏) 153 236
夏の浜【なつのはま】(夏) 76
夏帽子【なつぼうし】(夏) 80 133 166
242
棗の実【なつめのみ】(秋) 159
夏休【なつやすみ】(夏) 103 188
撫子【なでしこ】(秋) 90
七種【ななくさ】(新年) 94
波乗り【なみのり】(夏) 63

に

二月【にがつ】（春）149
虹【にじ】（夏）65 188 234
西日【にしび】（夏）15 218 236
日記買ふ【にっきかう】（冬）45
韮【にら】（春）30
人参【にんじん】（冬）185

ね

葱【ねぎ】（冬）146
葱坊主【ねぎぼうず】（夏）132
猫じゃらし【ねこじゃらし】（秋）83
猫柳【ねこやなぎ】（春）213 241
熱砂【ねっさ】（夏）167
涅槃西風【ねはんにし】（春）162 198
涅槃変【ねはんへん】（春）186
合歓の花【ねむのはな】（秋）189

の

野遊び【のあそび】（春）74
凌霄の花【のうぜんのはな】（夏）101
野菊【のぎく】（秋）53 119
野蒜【のびる】（春）86
野分【のわき】（秋）69

は

貝母の花【ばいものはな】（春）61 229
萩【はぎ】（秋）82 141
麦秋【ばくしゅう】（夏）77
薄暑【はくしょ】（夏）199 220 232
白扇【はくせん】（夏）115
白梅【はくばい】（春）20
白れん【はくれん】（春）198
白露【はくろ】（秋）121
芭蕉【ばしょう】（秋）71
芭蕉布【ばしょうふ】（夏）30
蓮の実飛ぶ【はすのみとぶ】（秋）238
櫨の花【はぜのはな】（夏）87
畑返す【はたかえす】（春）126
裸子【はだかご】（夏）47 67
跣足【はだし】（夏）35
蜂【はち】（春）178
八月【はちがつ】（秋）168
八月十五日【はちがつじゅうごにち】（秋）138
蜂の仔【はちのこ】（秋）21 54
初秋【はつあき】（秋）135
初鰹【はつがつお】（夏）76
薄荷の花【はっかのはな】（秋）28
初風【はつかぜ】（秋）182
初雁【はつかり】（秋）158
初桜【はつざくら】（春）17 46
初電車【はつでんしゃ】（新年）161
初夏【はつなつ】（夏）86
初場所【はつばしょ】（新年）41

初蜩【はつひぐらし】（夏）51 180 181
初日の出【はつひので】（新年）13
初富士【はつふじ】（新年）212
初湯【はつゆ】（新年）29
初雪【はつゆき】（冬）17
初夢【はつゆめ】（新年）110
初笑【はつわらい】（新年）46
花【はな】（春）149 151
花未だ【はないまだ】（春）129
花盛り【はなざかり】（春）86
花菖蒲【はなしょうぶ】（夏）152
花過ぎ【はなすぎ】（春）75
花薄【はなすすき】（秋）140
花散る【はなちる】（春）61 127 178 216
花野【はなの】（秋）240
花の雨【はなのあめ】（春）60 216
花の宴【はなのえん】（春）230
花畑【はなばたけ】（夏）181
花見【はなみ】（春）49 163
嚔る【はなひる】（冬）148
花吹雪【はなふぶき】（春）17 178
羽子【はね】（新年）109
母子草【ははこぐさ】（春）201
ハブ【はぶ】（夏）81
破魔矢【はまや】（新年）19
薔薇【ばら】（夏）202
春【はる】（春）125 242
春苺【はるいちご】（春）198
春愁ひ【はるうれい】（春）60
春風【はるかぜ】（春）126
春炬燵【はるごたつ】（春）197
春蟬【はるぜみ】（春）14
春空【はるぞら】（春）20
春闌く【はるたく】（春）231
春の蚊【はるのか】（春）7 13
春の川【はるのかわ】（春）34
春の草【はるのくさ】（春）61
春の雲【はるのくも】（春）151
春の鹿【はるのしか】（春）163
春の月【はるのつき】（春）34 200
春の鳶【はるのとび】（春）7
春の渚【はるのなぎさ】（春）96
春の虹【はるのにじ】（春）97
春の蝿【はるのはえ】（春）229
春の灯【はるのひ】（春）49
春の山【はるのやま】（春）86 150
春の闇【はるのやみ】（春）164 230
春の宵【はるのよい】（春）111
春休【はるやすみ】（春）214
晩夏【ばんか】（夏）224
ハンカチ【はんかち】（夏）18
晩菊【ばんぎく】（秋）37
半夏生【はんげしょう】（夏）204

ひ

日傘【ひがさ】（夏）80 219
彼岸【ひがん】（春）20 177
蟇【ひきがえる】（夏）25 82

蜩【ひぐらし】（秋）90 237 238
火恋し【ひこいし】（秋）146
久女忌【ひさじょき】（冬）73
菱餅【ひしもち】（春）60
雛【ひな】（春）177
雛飾る【ひなかざる】（春）125
日向ぼこ【ひなたぼこ】（冬）95
雛の客【ひなのきゃく】（春）48
雛の日【ひなのひ】（春）195
向日葵【ひまわり】（夏）43
百人一首【ひゃくにんいっしゅ】（新年）186
冷し瓜【ひやしうり】（夏）27
冷や酒【ひやざけ】（夏）36
冷し酒【ひやしざけ】（夏）51
冷やか【ひややか】（秋）224
冷ゆ【ひゆ】（秋）16
開豆【ひらきまめ】（新年）147
麦酒【びーる】（夏）111 208
昼寝【ひるね】（夏）153
昼寝覚【ひるねざめ】（夏）153
昼の虫【ひるのむし】（秋）144
蛭蓆【ひるむしろ】（夏）222

ふ

風船【ふうせん】（春）178
蕗の薹【ふきのとう】（春）126 197 229
福木の実【ふくぎのみ】（秋）189
福笑【ふくわらい】（新年）109
藤【ふじ】（春）151
藤の実【ふじのみ】（秋）82
藤袴【ふじばかま】（秋）91
襖【ふすま】（冬）12 73
蕪村忌【ぶそんき】（冬）146
仏桑花【ぶっそうげ】（夏）79
葡萄【ぶどう】（秋）70
蒲団【ふとん】（冬）24
船虫【ふなむし】（夏）154
冬【ふゆ】（冬）184
冬麗ら【ふゆうらら】（冬）28
冬木の芽【ふゆきのめ】（冬）123
冬籠【ふゆごもり】（冬）148
冬ざれ【ふゆざれ】（冬）12
冬仕度【ふゆじたく】（秋）28
冬たんぽぽ【ふゆたんぽぽ】（冬）172
冬椿【ふゆつばき】（冬）123
冬に入る【ふゆにいる】（冬）72
冬の水【ふゆのみず】（冬）108 172
冬の雷【ふゆのらい】（冬）184
冬牡丹【ふゆぼたん】（冬）13
冬用意【ふゆようい】（秋）38
ブラシの木【ぶらしのき】（夏）98
ぶらんこ（春）34
プール【ぷーる】（夏）10
古巣【ふるす】（春）162
文化の日【ぶんかのひ】（秋）106
噴水【ふんすい】（夏）135 221 232 235

へ

糸瓜【へちま】（秋）225
蛇【へび】（夏）36 65 223

ほ

鳳凰木の花【ほうおうぼくのはな】（夏）79
箒木【ほうきぎ】（夏）155
鳳仙花【ほうせんか】（夏）179
鬼灯市【ほおずきいち】（夏）188
暮春【ぼしゅん】（春）216
蛍【ほたる】（夏）115 131
蛍袋【ほたるぶくろ】（夏）68 220
牡丹【ぼたん】（夏）15 86
牡丹鍋【ぼたんなべ】（冬）45
捕虫網【ほちゅうあみ】（夏）63
盆川【ぼんかわ】（秋）138
盆過ぎ【ぼんすぎ】（秋）22
盆の雨【ぼんのあめ】（秋）168 190 191
盆の入【ぼんのいり】（秋）37 137 156 237
盆の酒【ぼんのさけ】（秋）137 237
盆の月【ぼんのつき】（秋）22 208
盆の花【ぼんのはな】（秋）89
盆用意【ぼんようい】（秋）88 189
盆礼【ぼんれい】（秋）190

ま

松過ぎ【まつすぎ】（新年）212
祭【まつり】（夏）26 35
豆ごはん【まめごはん】（夏）76
豆の飯【まめのめし】（夏）21
豆撒【まめまき】（冬）29
蝮酒【まむしざけ】（夏）51
金縷梅【まんさく】（春）127 186
曼珠沙華【まんじゅしゃげ】（秋）31 192 225

み

蜜柑【みかん】（冬）12 173
神輿【みこし】（夏）117 233
水遊び【みずあそび】（夏）65 102
水打つ【みずうつ】（夏）63 156
水着【みずぎ】（夏）167
水接待【みずせったい】（夏）78
水鉄砲【みずでっぽう】（夏）155 233
水鳥【みずとり】（冬）161
水温む【みずぬるむ】（春）149
水の秋【みずのあき】（秋）141 191
三日【みっか】（新年）48
蜜豆【みつまめ】（夏）100
南風【みなみかぜ】（夏）78 233
蓑虫【みのむし】（秋）71 83
身に入む【みにしむ】（秋）143
蚯蚓【みみず】（夏）167
都鳥【みやこどり】（冬）84 95

む

迎火【むかえび】（秋）88 136
零余子【むかご】（秋）54
麦青む【むぎあおむ】（春）59
麦刈【むぎかり】（夏）179
麦の秋【むぎのあき】（夏）115
麦藁帽子【むぎわらぼうし】（夏）77
無月【むげつ】（秋）105
貉【むじな】（冬）39 46
虫干【むしぼし】（夏）117 136

め

名月【めいげつ】（秋）28 158 183 238
芽キャベツ【めきゃべつ】（春）20
目高【めだか】（夏）179 201
芽吹き【めぶき】（春）150 164 214 230
芽柳【めやなぎ】（春）197
メロン【めろん】（夏）8

も

毛布【もうふ】（冬）196
餅【もち】（冬）109
紅葉【もみじ】（秋）44 71
紅葉かつ散る【もみじかつちる】（秋）45 70

や

焼鳥【やきとり】（冬）95 194
厄落す【やくおとす】（冬）12
八千草【やちぐさ】（秋）210
八手の花【やつでのはな】（冬）107
柳【やなぎ】（春）7 199
藪枯し【やぶからし】（秋）158
山桜【やまざくら】（春）127 215
山眠る【やまねむる】（冬）84 108 172
山始【やまはじめ】（新年）186
山女【やまめ】（夏）219
闇汁【やみじる】（冬）73

ゆ

夕顔の花【ゆうがおのはな】（夏）188
夕顔の実【ゆうがおのみ】（秋）120
夕霧忌【ゆうぎりき】（冬）147
夕化粧【ゆうげしょう】（夏）154
夕桜【ゆうざくら】（春）74 97
夕立【ゆうだち】（夏）14 116 203
夕端居【ゆうはしい】（夏）35
夕焼【ゆうやけ】（夏）101
浴衣【ゆかた】（夏）133
雪【ゆき】（冬）40 46 73 85 93 211
雪解【ゆきげ】（春）85
雪間【ゆきま】（春）85

行く年【ゆくとし】（冬）124
湯気立て【ゆげたて】（冬）41

よ

吉田の火祭【よしだのひまつり】（秋）44 139
夜長【よなが】（秋）8 38
夜鳴蕎麦【よなきそば】（冬）145
読初【よみぞめ】（新年）94
蓬生【よもぎう】（春）111
夜の秋【よるのあき】（夏）18

ら

落花【らっか】（春）13 17 97

り

柳絮飛ぶ【りゅうじょとぶ】（春）150
猟銃【りょうじゅう】（冬）39

れ

冷房【れいぼう】（夏）10 219
冷房車【れいぼうしゃ】（夏）47
連翹【れんぎょう】（春）163
練炭【れんたん】（冬）107

ろ

老鶯【ろうおう】（夏）205
老人の日【ろうじんのひ】（秋）211
臘梅【ろうばい】（冬）41 228
六月【ろくがつ】（夏）164 221
炉話【ろばなし】（冬）93
炉開【ろびらき】（冬）240

わ

若竹【わかたけ】（夏）134 204
若夏【わかなつ】（夏）153
若葉【わかば】（夏）179 199 219
若布【わかめ】（春）75
若餅【わかもち】（新年）39
病葉【わくらば】（夏）99
早稲【わせ】（秋）18
花木綿【わたぶーぎー】（秋）123
綿虫【わたむし】（冬）32 194
藁塚【わらづか】（秋）28 171 210
蕨餅【わらびもち】（春）214 231
吾亦紅【われもこう】（秋）209

あとがき

三十代半ばから俳句を始め、三十年を迎えようとしている。この間、鍵和田秞子主宰の「未来図」で学べたことは望外の幸せであり、結構な俳句人生であった。

三年前に職を辞し、この機会に、これまで出版した愛着ある三冊の句集を一冊に編むこととした。即ち、『西日家族』『蓬生』『日暮れ鳥』から再選をし、句集の贅肉と言うべき若書きの句のかなりを削除した。これに『日暮れ鳥』以後の五年間の句を加えた。この自選句集をもって定本に代えたい。

『日暮れ鳥』以後では、東日本大震災とそれに伴う原発事故のことが心に残った。躊躇いもあったが、心の記録として東京発信の幾つかの句を敢えて収録した。

俳句は人生と無縁ではない。私の場合その人生は未熟この上なく、おのれを嫌うの情切にして、これまで自分の思いを俳句に直接詠み込むことは避けてきた。とは言え、この自選集にはどこかしら自分が投影しているような句が散見される。俳句は否応なしにこころを映し出す文芸であるようだ。俳句に到達点は無いが、せめて、愚にして知を磨き、濁りの中に清さを宿せるよう、これからも謙虚に生きていきたいと思う。

終りに教育評論社の久保木健治氏をはじめ関係諸氏にご面倒をかけたことを深謝する。

守屋明俊

平成二十六年　十三夜

著者略歴

守屋明俊（もりや　あきとし）
昭和二十五年十二月十三日、信州伊那高遠に生まれ、浅草に育つ
昭和四十四年　明治大学附属明治高等学校卒。附属中学校在学中より文芸と芸能を石川一郎先生に、煎茶道を西山茂先生に学ぶ
昭和四十八年　明治大学文学部史学地理学科（日本史学）卒
昭和六十一年　俳誌「未来図」に入会、鍵和田秞子主宰に師事
平成三年　未来図新人賞受賞、平成四年「未来図」同人
平成十一年　未来図編集長（現在に至る）
平成十四年　未来図賞受賞
平成二十三年　学校法人昭和大学を定年退職
句集『西日家族』（北溟社）、『蓬生』（砂子屋書房）、『日暮れ鳥』（角川書店）

俳人協会幹事

住所　〒185-0024　東京都国分寺市泉町三-四　史跡通り住宅一-五〇四

自選　守屋明俊句集

発行日
二〇一四年十月十日　初版第一刷発行
著者
守屋明俊
発行者
阿部黄瀬
発行所
株式会社教育評論社
〒一〇三―〇〇〇一
東京都中央区日本橋小伝馬町一二―五　ＹＳビル
ＴＥＬ〇三―三六六四―五八五一
ＦＡＸ〇三―三六六四―五八一六
http://www.kyohyo.co.jp/
印刷製本
萩原印刷株式会社

ISBN 978-4-905706-89-2